AF582302

3070. 4 mars.

CATALOGUE

DE

LIVRES FRANÇAIS

BIEN RELIÉS ET ORNÉS DE GRAVURES

DONT LA VENTE AURA LIEU

Le samedi 4 mars 1876, à deux heures précises

Hôtel des commissaires-priseurs, rue Drouot, 5

Au premier, salle n° 3.

Par le ministère de Me MAURICE DELESTRE, commissaire-priseur,

Successeur de Me DELBERGUE CORMONT,

Rue Drouot, 23.

PARIS

ADOLPHE LABITTE

LIBRAIRE DE LA BIBLIOTHÈQUE NATIONALE

4, rue de Lille, 4

1876

Paris. — Typographie Georges Chamerot, rue des Saints-Pères, 19.

CATALOGUE

DE

LIVRES FRANÇAIS

BIEN RELIÉS ET ORNÉS DE GRAVURES.

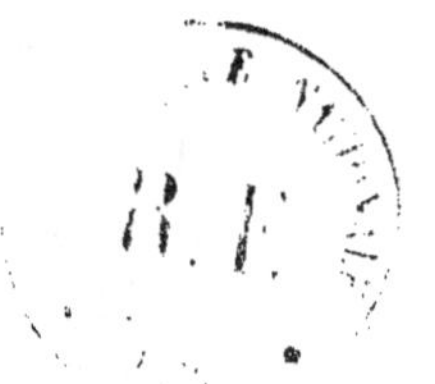

1. L'Imitation de Jésus-Christ, traduite et paraphrasée en vers françois par P. Corneille. *Imprimé à Rouen, par L. Mavry, pour Robert Ballard à Paris*, 1659, 2 vol. pet. in-12, frontisp. et nombreuses gravures, v. fil., dent. int.

   Le titre du tome I manque.

2. Histoire de la Vie de Jésus-Christ, par le P. Ligny. *A Paris, de l'imprimerie de Crapelet*, 1804, 2 vol. in-4, gravures, demi-rel. v. f. tr. marb.

   Papier vélin, Figures avant la lettre.

3. Le Grand Tableau de l'Univers, ou l'histoire des événements de l'Église, depuis la création du Monde jusqu'à l'apocalypse de S. Jean..., expliqués par M. Basnage, pasteur de la Haye. — Huitième édition. — *A Amsterdam, aux dépens de Jaques Lindenberg*, 1714, in-fol., avec portraits, cartes et pl., gravures de Rome de Hooge, demi-rel. chag. r. plats toile.

   Feuillets remontés et doublés. Exemplaire court de marges. Raccommodages.

4. Pensées de Blaise Pascal, 2 vol. — Les Provinciales, ou lettres de Louis de Montalte, par Bl. Pascal, 2 vol. — *A Paris, chez Ant.-Augustin Renouard*, 1803, ensemble 4 vol. in-12, portrait, mar. r. dent. tr. dor.

5. De l'Abus des nudités de gorge (par l'abbé Boileau). *Bruxelles, Foppens*, 1675, in-12, vélin.

6. Explication des cérémonies de la Fête-Dieu d'Aix en Provence (par Gaspard Grégoire). *A Aix, chez Esprit David*,

1777, in-12, portrait et grav. de Grégoire, chag. bleu, fil. ébarbé.

7. L'Alcoran des cordeliers, tant en latin qu'en françois, c'est-à-dire recueil des plus notables bourdes et blasphèmes de ceux qui ont osé comparer saint François à Jésus-Christ..., par frère B. de Pise. *A Amsterdam, aux dépens de la Compagnie*, 1734, 2 vol. in-12, gravures de B. Picart, mar. r., dos orné, fil. tr. dor. (*Rel. anc.*)

8. Les Dieux de l'ancienne Rome, mythologie romaine de L. Preller, traduction de M. L. Dietz. *Paris, Didier*, 1865, in-8, demi-rel. mar. r. tr. peignes.

9. Bibliothèque d'Apollodore l'Athénien, traduction nouvelle avec le texte grec par E. Clavier. *Paris, de l'imprimerie de Delance et Lesueur*, 1805, 2 vol. in-8, dos et coins de mar. r. ébarbé. (*Kœhler.*)

10. Lettres à Émilie sur la mythologie, par C.-A. Demoustier. *A Paris, chez Aug. Renouard*, 1809, 6 parties en 2 vol. in-12, grav. de Moreau le jeune, dos et coins de mouton chagr. fil. tête dor. ébarbé.

---

11. Histoire du Droit romain, ou introduction historique de cette législation, par M. Ch. Giraud, 1841, in-8, cart. — Études historiques sur les traités publiés chez les Grecs et chez les Romains, par E. Egger. *Paris, A. Durand*, 1866, in-8, br.

12. Institutes de Justinien, traduites et expliquées par A.-M. du Caurroy. Huitième édition. *Paris, Gustave Thorel*, 1851, 2 vol. in-8, demi-rel. or.

13. Dictionnaire des Fiefs et des Droits seigneuriaux utiles et honorifiques, contenant les définitions des termes et un ample recueil de décisions choisies, fondées sur la jurisprudence des arrêts, la disposition des différentes coutumes et la doctrine des meilleurs feudistes, par Me Renauldon, avocat. *A Paris, chez Cellot*, 1765, in-4, v. ant. marbr.

14. Traité des Droits seigneuriaux et des Matières féodales, par M. Noble François de Boutarie. *A Toulouse*, 1651, in-4, v. antiq.

15. Histoire critique du pouvoir municipal, de la condition des cités, des villes et des bourgs et de l'administration comparée des communes en France, depuis l'origine de la

monarchie jusqu'à nos jours, par M. C. Leber. *Paris*, *Audot*, 1828, in-8, demi-rel. mar. noir, jans. à nerfs, tête dor. ébarbé.

16. Les Ordonnances militaires tirées dv code dv Roy Henry III, auxquelles ont esté adjoustez des edicts du Roy Henry IV et Louis XIII... *A Paris*, *chez Louys Fevgé*, 1625, in-8, cart.

Mouillure.

17. Ordonnance du Roy portant reglement pour la fourniture des vivres par estapes aux gens de guerre, tant en la campagne que dans les garnisons. *A Nismes* (1636), plaq. in-12, de 8 pages n. reliée.

18. Code des Privilegiez, ou recveil des edicts, ordonnances et déclarations des Roys, interuenus sur les priuileges des officiers domestiques et commensaux de la maison du Roy, de la Reyne, etc..., depuis l'an 1318, iusques à 1646, auec les notes et observations de feu M. Lovys de Vrevin. *A Paris*, *chez Pierre Rocolet*, 1646, pet. in-8, vél.

19. Edict du Roy portant création de divers officiers de chancellerie, de judicature et des postes, avec un règlement des ports de lettres. *A Paris*, 1655, plaq. in-4 de 19 pages non rel.

20. Texte des Coutumes de la prévôté et vicomté de Paris, par Eusèbe de Laurière, avocat au parlement. *A Paris*, *chez Nyon*, 1777, 2 vol. in-12, v. marbr.

---

21. Platon. Les Lois, 2 vol. — La République, ou l'État, 1 vol. — *Paris*, *Charpentier*, 1869, 3 vol. in-18, demi-rel. v. f. tr. peign.

22. Essais de Michel, seigneur de Montaigne. Édition stéréotype. *Paris*, *Pierre Didot l'aîné*, *an X*, 1802, 4 vol. in-8 mar. r. dent. tr. dor. (*Rel. anc.*)

Exemplaire en papier vélin. L'avertissement de Naigeon manque.

23. Humboldt. Mélanges de Géologie et de Physique générale, traduction de M. Ch. Galuski. *Paris*, *Morgand*, 1864, in-8, br. — Volcans des Cordillères de Quito et du Mexique, par Alex. de Humboldt. *Paris*, *Morgand*, 1864, in-8, obl. cart.

24. Annales des sciences géologiques publiées sous la direction de M. Hébert et de M. Alph. Milne Edwards. *Paris, G. Masson*, 1870-1875. 6 vol. in-8, br. et en livr.

25. Annales des sciences naturelles. — Botanique, tome Ier en 4 fascicules. — Zoologie et Paléontologie, tome IIe en 4 fascicules. *Paris. G. Masson*, 1875, 2 vol. in-8, br.

26. Traité d'Astronomie appliquée à la Géographie et à la Navigation, suivi de la Géodésie pratique, par Emm. Liais. *Paris, Garnier fr.*, 1867, gr. in-8, br.

27. Atlas céleste, contenant plus de 100,000 étoiles et nébuleuses, par Ch. Dien, avec une introduction par M. Babinet. *Paris, Gauthier-Villars*, 1869, in-fol., cart. est.

28. Petit Atlas complet d'Anatomie, description du corps humain, par J.-N. Massé. *Paris, F. Savy*, 1869, fort vol. in-12, demi-rel., mar. noir. n. rog., 112 planches.

29. Traité du développement de l'homme et des mammifères, par T.-L. Bischoff. *Paris, J.-B. Baillière*, 1843, in-8, br. de 16 planches.

Ouvrage formant le tome VIII de l'Encyclopédie anatomique.

30. Bernard (Claude). Leçons sur la physiologie et la pathologie du système nerveux, 2 vol., fig. — Leçons sur les effets des substances toxiques et médicamenteuses, 1 vol. fig. — Leçons de physiologie expérimentale appliquée à la médecine, 2 vol., fig. — Leçons de pathologie expérimentale, 1 vol. — Leçons sur les propriétés physiologiques et les altérations pathologiques des liquides de l'organisme. — Leçons sur les propriétés des tissus vivants. *Paris, J.-Bapt. Baillière*, 1858-1872, ens. 9 vol. in-8, br.

31. Traité médico-philosophique sur l'aliénation mentale, par Ph. Pinel, seconde édition. *A Paris, chez J.-Ant. Brosson*, 1809, in-8, pl. demi-rel. mar. brun, tête dor. ébarbé.

32. Des Maladies mentales considérées sous les rapports médical, hygiénique et médico-légal, par E. Esquirol. *Paris, J. B. Baillière*, 1838, 2 vol. et atlas in-8, br.

33. Cours élémentaire d'Histoire naturelle. — Botanique, par M. Adrien de Jussieu. — Minéralogie, par F.-S. Beudant. — Zoologie, par M. Milne-Edwards. *Paris, Masson et Garnier*, 1870-1872, 3 vol. in-12, demi-rel. v. f. tranche peigne.

34. Huber. Recherches sur les mœurs des fourmis indigènes. — Nouvelles Observations sur les abeilles, 2 vol. *Paris, J.-J. Paschoud*, 1810-1814, 3 vol. in-8, demi-rel. v. f. tr. peigne.

35. Histoire naturelle des Helminthes ou vers intestinaux, par Félix Dujardin, 1 vol., planches coloriées. — Histoire naturelle des zoophytes, infusoires, comprenant la physiologie et la classification de ces animaux et la manière de les étudier à l'aide du microscope, par M. Félix Dujardin, 7 vol., planches coloriées. *Paris, Roret*, 1841, 2 vol. in-8, demi-rel. v.

36. Van Beneden. Commensaux et Parasites. *Paris*, 1875, in-8, cart., fig. — De l'Espèce et de la classification en zoologie, par L. Agassiz, traduction de l'anglais par Félix Vogeli. *Paris*, 1869, in-8, br.

37. Essay d'analyse sur les jeux de hasard. *Paris, chez Jacques Quillau*, 1713, in-4, v. marbr.

---

38. Les Arts au Moyen Age et à l'époque de la Renaissance, par Paul Lacroix (bibliophile Jacob), deuxième édition. *Paris, F. Didot frères*, 1869, in-4, gravures et chromolithographies, dos et coins de chagr. r. fil. tête dor. ébarbé.

39. Éloge de Lancret, peintre du roi, par Ballot de Sovot, accompagné de diverses notes sur Lancret, réunies et publiées par *J. Baur et Rapilly*, br. in-8.

40. Recueil des figures, groupes, thermes, fontaines, vases et autres ornemens, tels qu'ils se voyent dans le château et parc de Versailles, gravé d'après les orignaux par Simon Thomassin. *S. l. n. d.*, in-8, 218 pl. v. ant. dos orné.

41. Abrégé historique des principaux traits de la vie de Confucius, célèbre philosophe chinois, orné de 24 estampes gravées par Helman. *A Paris, chez l'auteur, s. d.*, in-4, 24 grav. dos et coins de mar. brun, tête dor. ébarbé.

Bel exemplaire.

42. CALLOT. Les Gueux, 4 eaux-fortes. — Les Misères et les malheurs de la guerre. *A Paris*, 1633, 18 eaux-fortes, ensemble 22 pl. in-4, obl.

Très-belles épreuves, grandes de marges.

Les quatre eaux-fortes des Gueux sont avant les nos, et les 18 eaux-fortes des Misères de la guerre, avec les nos. On a joint à cet exemplaire 4 planches de contrefaçon des Gueux.

43. Salvator Rosa. Gravures diverses, 60 gravures. *A Paris, chez Chereau, s. d.*, et 32 gravures, contrefaçon des premières, in-4, dans un carton.

La première suite est belle d'épreuves et grande de marges.

44. Iconologie tirée de divers auteurs, ouvrage utile aux gens de lettres, aux artistes, aux poëtes, etc..., par J.-B. Boudard. *Vienne, chez Jean-Thomas de Trattnern*, 1766, 3 t. en 1 vol. in-8, fig., demi-rel. chagr. vert, ébarbé.

Taches de rousseur.

45. Les Figures des Métamorphoses dessinées par M. Renaud, gravées par Coiny et Couché, adaptées à la traduction de M. l'abbé Banier. *A Paris, chez Couché, s. d.*, in-12, 52 pl. chag. bl.

46. Amorvm Emblemata, fig. æneis incisa stvdio Othonis Vænii Batavo-Lvgdvnensis. *Antverpiæ, venalia apud auctorem*, 1608, in-8 obl. grav. v. ant. porph. dos orné, dent.

Ouvrage rare et curieux par les gravures qui le décorent. Les quatrains de l'exemplaire ci-dessus sont en latin, flamand et français.

47. Emblemata amatoria. — Emblèmes d'amour en quatre langues (latin, italien, français, hollandais). *A Londres, chez l'Amoureux, s. d.*, pet. in-8, texte gravé, front. et grav. de Van Viamen, v. ant., tr. r.

Belles épreuves.

48. Les Ieux et plaisirs de l'Enfance, inuantez par Jacqves Stella et grauez par Clavdine Bovzonnet Stella. *A Paris, chez Stella*, 1657, in-4 obl. 50 pl. dos et coins de chagr.

Ouvrage rare et recherché. Belles épreuves. Les marges extérieures ont été refaites.

49. Le Guide fidèle de la vraie Gloire, présenté à monseigneur le duc de Bourgogne, par le R. P. A.-T. Barenger. *A Paris, chez Ghérard*, 1688, in-12, texte gravé et grav. d'Erlinger, mar. r. ornem. sur les plats, dent. int., tr. dor. (*Claessens.*)

Très-bel exemplaire, dans un étui.

50. Les Peintvres chrestiennes. *S. l. n. d.*, 2 part. en 1 vol. in-8, 95 grav., vél.

Il manque le frontispice et la table du tome I. Piqûre de vers à la marge inférieure des premières pages de la première partie.

51. Almanach anacréontique, ou les Ruses de l'Amour. *A Paris, chez Boulanger, s. d.* (1784), in-16, front. et grav. de Queverdo, vélin découpé, médaillons, dans un étui.

52. Recueil de gravures diverses de Sadeler. In-4, 70 pl. montées sur onglets, demi-rel. v. marbr.

53. Recueil de gravures diverses de Sadeler. In-4, demi-rel. bas.

Cet album contient 49 planches montées sur onglets, parmi lesquelles les Saisons et les Mois.

54. 31 Gravures de Moreau, Gravelot, Cochin, etc., pour l'Emile et la Nouvelle Héloïse de J.-J. Rousseau.

Gravures remontées.

55. Gravures d'après Devéria pour les Œuvres complètes de Jean-Jacques Rousseau.

Belles épreuves sur chine, avant la lettre.

56. 33 PORTRAITS de la troupe de Molière, par Hillemacher, enfermés dans un carton.

Épreuves avant la lettre, la plupart avec le bon à tirer du graveur. Le portrait de Mlle Beaubourg, seul, est avec la lettre.

57. Histoire des modes françaises, ou Révolutions du costume en France, depuis l'établissement de la monarchie jusqu'à nos jours (par Molé). *A Amsterdam, et se trouve à Paris chez Mérigot jeune*, 1777, 2 t. en 2 vol. in-12, v. ant., marbr. tr. r.

58. État actuel de la musique du Roi et des trois spectacles de Paris. *A Paris, chez Vente*, 1773, pet. in-12, front. grav. et portr. de Eisen, Moreau, Marillier, demi-rel., mouton chagr. v., tête dor., ébarbé.

Exemplaire taché. Ouvrage rare. Le portrait de Mme Favart, qui manque souvent, se trouve dans cet exemplaire.

---

59. OEuvres complètes de Démosthène et d'Eschine, traduction nouvelle faite sur le texte des meilleures éditions critiques par J.-F. Stiévenart. *Paris, Firmin Didot*, 1870, in-8, br., texte à deux col.

60. Hésiode, Hymnes orphiques, Théocrite, Bion, Moskhos, Tyrtée, odes anacréontiques, traduction nouvelle par Leconte de Lisle. *Paris, Alph. Lemerre*, 1869, in-8, br.

61. Homère. Iliade et Odyssée, traduction nouvelle par Leconte de Lisle. *Paris, Alph. Lemerre*, 1873-1874, 2 vol. in-8. br.

62. Les Fables d'Ésope et de plusieurs autres excellens mythologistes, accompagnées du sens moral et des réflexions de M. le chevalier Lestrange, traduites de l'anglois. *A Amsterdam, aux dépens d'Etienne Roger*, 1714, in-4, front. et fig. de Barlouw, v. marbr. dos orné.

Bonnes épreuves des jolies figures qui décorent cet ouvrage. Exemplaire lavé et encollé.

63. Nouveau Recueil des fables d'Ésope, mises en françois, avec le sens moral en quatre vers et des figures à chaque fable. *A Paris, chez Pierre Prault*, 1718, in-12, front. et fig. sur bois, v. ant.

64. Les Odes d'Anacréon et de Sapho en vers françois, par le poëte sans fard (Fr. Gacon). *A Rotterdam, chez Fritsch et Bohm*, 1712, in-12, front., mar. noir, ornem. sur les plats, dent. int. tr. dor. (*Rel. anc.*)

65. Anacréon, Sapho, Bion et Moschus, traduction nouvelle en prose, suivie de la Veillée des fêtes de Vénus, par M*** C** (Moutonnet-Clairfons). *A Paphos, et se trouve à Paris, chez le Boucher*, 1773, pet. in-4, grav. et fig. d'Eisen, v. ant., tr. dor.

66. LES MÉTAMORPHOSES D'OVIDE, en latin et en françois, de la traduction de M. l'abbé Banier..., avec des explications historiques. *A Paris, chez Guillyn*, 1767 à 1771, 4 vol. in-4, gravures de Monnet, Eisen, etc., v. ant. porph., dos orné, fil., tr. dor.

Exemplaire du premier tirage.

67. Œuvres de Paulin de Périgueux, suivies du poëme de Ven. Hon. Clém. Fortunat, sur la vie de saint Martin, revus et traduits par E.-F. Corpet. *Paris, C.-L.-F. Panckoucke*, 1849, in-8, demi-rel., v. f., ébarbé.

Bibliothèque latine-française, seconde série.

68. Fabliaux ou contes du XIIe et du XIIIe siècles, fables et romans du XIIIe siècle, traduits ou extraits d'après plusieurs manuscrits du tems... Nouvelle édition, augmentée d'une dissertation sur les troubadours. par M. Le Grand. *A Paris, chez Eugène Onfroy*, 1781, 5 vol. in-12, 1 grav., mar. r., tr. dor. (*Bozérian.*)

Bel exemplaire, trois épreuves de la gravure.

69. Poésies de Charles d'Orléans, publiées... par J.-Marie Guichard. *Paris, Gosselin*, 1842, in-12, mar. bleu, dos orné, fil, à comp. dent. int. tr. dor. (*Ottmann.*)

Envoi signé de M. Guichard sur le faux titre.

70. Livre d'Amour, ou Folastreries du vieux temps. *A Paris, chez Louis Janet, s. d.*, pet. in-8, front. et grav. col., mar. brun, fil. et ornem. sur les plats, tr. dor.

71. Livre mignard, ou Fleur des fabliaux. *Paris, Louis Janet, s. d.*, pet. in-8, front. et grav. color., mar. la Vallière, fil. et ornements sur les plats. tr. dor.

72. Les Œuvres de Clément Marot de Cahors, valet de chambre du roy, reveuës et augmentées de nouveau. *A la Haye, chez Adrian Moetjens*, 1700, 2 vol. in-12, v. granit, fil.

Exemplaire de l'édition originale sous cette date. Hauteur : 127 millim.

73. Les Vrayes Centuries et propheties de maistre Michel Nostradamus, où se voit représenté tout ce qui s'est passé, tant en France, Espagne, etc..., qu'autres parties du monde. *A Cologne, chez Jean Volcker*, 1689, in-8, v. ant.

Exemplaire court de marges.

74. Contes et Nouvelles en vers, par M. de la Fontaine, nouvelle édition corrigée... *A Amsterdam, chez Pierre Brunel*, 1709, 2 vol. pet. in-8, front. et fig. de Romain de Hooge, v. ant. granit. dent. tr. dor.

75. Contes et Nouvelles en vers, par M. de la Fontaine. *A Amsterdam*, 1762, 2 vol. in-8, grav. d'Eisen, fleur. de Choffard, mar. r., doublé de tabis, dos orné, fil. à comp. dent. int. tr. dor. (*Bozérian.*)

Belles épreuves, quinze gravures ajoutées. Quelques taches de rousseur.

76. Contes et Nouvelles en vers, par Jean de la Fontaine. *S. l.*, 1777, 2 vol. in-8, grav. v. ant. rac. fil. tr. dor.

Contrefaçon de l'édition précédente

77. Recueil des meilleurs contes en vers. *A Londres*, 1778, 4 vol. in-16, fig., v. ant., fil., tr. dor.

Bonnes épreuves, mais exemplaire très-court de marges. Cet ouvrage contient les contes de la Fontaine (tomes I et II), et ceux de Voltaire, Perrault, Grécourt, Dorat, etc.

78. Walckenaer (A.). Histoire de la vie et des ouvrages de la Fontaine, 2 vol. — Histoire de la vie et des poésies d'Horace, 2 vol. *Paris, Firmin Didot fr.*, 1858, ens. 4 vol., in-18, br.

79. Alaric, ou Rome vaincue, poëme héroïque, dédié à la sérénissime reyne de Suède, par de Scudéry. *A la Haye, chez Jacob van Ellin-Akhuysen*, 1685, in-12, grav. mar. r. jans. à nerfs, dent. int. tr. dor. (*Trautz-Bauzonnet.*)

80. Les Œuvres de monsieur de Benserade. *A Paris, chez Ch. de Sercy*, 1697, 2 vol. pet. in-8, front. mar. r. dos orné, trois fil. dent. int. tr. dor. (*Hardy.*)

81. Fables nouvelles, dédiées au Roy, par M. de la Motte. *A Paris, chez Grégoire Du Puis*, 1719, in-4 front. et fig. de Gillot, Coypel, etc., demi-rel. v. f. ébarbé.

82. Nouveaux Contes à rire, et aventures plaisantes de ce temps, ou récréations françoises. Troisième édition. *A Cologne, chez Roger Bontemps*, 1702, pet. in-8, front. et fig. mar. r. dos orné, 3 fil. dent. int. tr. dor. (*Smeers.*)

Bel exemplaire.

83. Le Joujou des demoiselles, avec de nouvelles gravures. *S. l. n. d.*, pet. in-4, fig. d'Eisen, gravées par Le Mire, vél. non rogné.

Exemplaire lavé et encollé.

84. La Peinture, poëme en trois chants, par Le Mierre. *A Paris, chez Le Jay*, in-4, grav. de Cochin, v. f. ant. fil. tr. dorée.

85. Le Vice puni, ou Cartouche, poëme par M. Grandval le père. Nouvelle édition. *A Anvers, et se trouve à Paris, chez Laurent Prault*, 1760, in-8, grav. de Bonnart, cart. toile noire.

86. Historiettes, ou Nouvelles en vers, par M. Imbert. Seconde édition. *A Amsterdam, et se trouve à Paris, chez Delalain*, 1774, in-8, front. grav. et fig. de Moreau le jeune, v. ant. porph. dos orné, fil. tr. dor.

87. Le Jugement de Pâris, poëme en IV chants, suivi d'œuvres mêlées. Nouvelle édition, corrigée et augmentée, par M. Imbert. *Amsterdam*, 1774, in-8, front. grav. et fig. de Moreau, v. f. dos orné, fil. dent. int.

Belles épreuves. Petite piqûre de vers à la marge inférieure. On a écrit sur les marges du frontispice.

88. Idylles, par M. Berquin. *S. l. n. d.* (*Paris*, 1774-1775), 2 parties en 1 vol. in-16, front. et gravures de Marillier, mar. r. dos orné, fil. tr. dor. (*Rel. anc.*)

Bel exemplaire. Gravures avant les numéros qui ont été mis à la main.

89. Les Saisons, poëme (par Saint-Lambert). Septième édition. *A Amsterdam*, 1775, in-8, front. et grav. de le Prince, Moreau et Gravelot, v. f. ant. dos orné, dent. tr. dor. (*Bozérian.*)

Une double épreuve du frontispice de Moreau, frontispice de Le Prince détaché et remonté.

90. Romances, par M. Berquin. *A Paris, chez Ruault*, 1776, in-16, front. et grav. de Marillier, mar. r. dos orné, 3 fil. dent. int. tr. dor. (*Rel. anc.*)

Belles épreuves.

91. La Pucelle d'Orléans, poëme en vingt-un chants (par Voltaire), avec des notes, auquel on a joint plusieurs pièces qui y ont rapport. *A Londres* (*édition Cazin*), 1788, 2 vol. in-16, front. et fig. v. ant. fil. tr. dor.

Belles épreuves.

92. Œuvres de François-Joachim de Pierre, cardinal de Bernis. *Paris, stéréotypie d'Herhan*, 1803, 2 vol. pet. in-8, papier vélin, portrait et grav. mar. r. dent. tr. dor.

93. Poésies de Théodore de Banville : Idylles prussiennes (1870-1871).—Les Stalactites, Odelettes, Améthystes (1843-1872). — Odes funambulesques, suivies d'un commentaire. — Le Sang de la coupe, Trente-six ballades joyeuses. *Paris, Alphonse Lemerre*, 1872 à 1874, 4 vol. pet. in-8, mar. bleu, dos orné, 3 fil. dent. int. tr. dor. sur marbr. (*Allô.*)

L'un des 20 exemplaires sur papier de Chine. Double épreuve de l'eau-forte des Odes, dont une au bistre. La couleur de la reliure n'est pas tout à fait uniforme pour les quatre volumes.

94. Les Cent et un Sonnets de Arsène Houssaye. Gravures et eaux-fortes. *Paris, Jules Maury, s. d.*, in-4, portrait et gravures, couverture imprimée sur peau de vélin, dos et coins de vél. tête dor.. ébarbé.

Exemplaire sur papier teinté, n° 8 sur 20 exemplaires tirés sur ce papier.

95. Chants et chansons (poésie et musique) de Pierre Dupont, ornés de gravures sur acier d'après Johannot, Andrieux, Nanteuil, etc. *Paris, Houssiaux*, 1855 à 1859, 4 vol. in-8, gravures et musique, dos et coins de mar. bleu, tête dorée, ébarbé.

Bel exemplaire.

96. Chants et Chansons populaires de la France. Notices par Dumersan, accompagnement de piano par H. Colet. *Paris, Garnier frères, s. d.*, 3 vol.— Chansons populaires des provinces de France. Notices par Champfleury, accompagnement de piano par J.-B. Wekerlin. *Paris, Bourdillat et Cie*, 1860. Ensemble 4 vol. in-4, gravures, demi-rel. chagr. r. tr. peigne.

97. Les Saisons, poëme traduit de l'anglais de Thompson. *A Paris, chez Pissot*, 1779, in-8, front. et grav. de le Prince, Eisen, Gravelot, cart. toile rouge, non rogné.

Deux suites de gravures.

98. Œuvres complètes de lord Byron, traduction nouvelle d'après la dernière édition de Londres, par Benjamin Laroche..... précédées de l'histoire de la vie et des ouvrages de lord Byron par John Galt. *Paris, Charpentier*, 1836 à 1837, 4 vol. in-4, grav. dos et coins de mar. vert, fil. ébarbé.

Le portrait de lady Byron est détaché.

---

99. Les Auteurs dramatiques et la Comédie française. — Ordonnances pour la peste, 1531. — La Danse macabre aux SS. Innocents de Paris. — La Fleur des antiquitez de Paris. *Paris, L. Willem*, 1873-1874, 4 vol. in-12, br.

100. Œuvres de Crébillon. *Paris, stéréotypie d'Herhan*, 1802, 3 vol. in-12, papier vélin, portrait, mar. n. dent. tr. dor.

101. Le Berger fidele, traduit de l'italien de Guarini en vers françois. *A Cologne, chez Pierre Marteau (à la Sphère)*, 1686, in-12, grav. vélin.

Hauteur : 125 millim.

102. L'Aminte du Tasse, pastorale, traduite de l'italien en vers françois (par l'abbé de Torche). *A Paris, chez Claude Barbin*, 1676, in-12, front. et grav. de Cossinus, v. ant.

Les gravures sont mal rognées.

---

103. **LES AMOURS PASTORALES** de Daphnis et Chloé (par Longus, traduction d'Amyot). *S. l.*, 1718, pet. in-8, front. de Coypel et gravures du Régent, gravées par Audran, mar. r. fil. tr. dor. (*Rel. anc.*)

Bel exemplaire du tirage original, avec la figure des *petits pieds*.

104. Les Amours d'Ismène et d'Isménias (par M. de Beauchamps). *A la Haye*, 1743, in-18, grav. v. ant. marb. fil. tr. dor.

Trois gravures avant la lettre.

105. Amours de Theagènes et Chariclée, histoire éthiopique (par Héliodore). *A Londres*, 1743, 2 vol. pet. in-8, pap. de Holl., grav., v. f. ant., fil. et vignettes.

106. Les Amours pastorales de Daphnis et Chloé, par Longus. Double traduction du grec en françois de M. Amiot et d'un anonyme (Le Camus). *A Paris, imprimées pour les curieux*, 1757, in-4, gravures d'Audran et fig. d'Eisen, v. ant. porph., dos orné, fil., tr. dor.

Copie des gravures du Régent. Encadrements.

107. L'Utopie de Thomas Morus, chancelier d'Angleterre; idée ingénieuse pour remédier au malheur des hommes, et pour leur procurer une félicité complette, etc..... traduite nouvellement en françois par Mr Gueudeville. *A Leide, chez Pierre Vander Aa*, 1715, in-12, gravures, vélin.

Gravures avant la lettre. Portrait de Morus, remonté. Frontispice à moitié détaché.

108. L'Éloge de la Folie, traduit du latin d'Érasme par M. Gueudeville. Nouvelle édition. *S. l.*, 1751, in-4, front. et gr. d'après Eisen, v. ant. marb.

109. Lucina sine concubitu. Lettre adressée à la Société royale de Londres, dans laquelle il est pleinement démontré, par des preuves tirées de la théorie et de la pratique, qu'une femme peut concevoir et enfanter sans le commerce de l'homme. *A Londres, chez Wilcox*, 1786, in-12, v. f. filets dent. int., tête dor., ébarbé.

Bel exemplaire avec la réponse *Concubitus sine Lucina.*

110. ŒUVRES DE MAITRE FRANÇOIS RABELAIS, avec des remarques historiques de M. le Duchat. Nouvelle édition. *A Amsterdam, chez Jean-Frédéric Bernard*, 1741, 3 vol. in-4, portrait, cartes et grav. de B. Picart. mar. r., dos orné, large dent., tr. dor. (*Rel. angl.*)

111. Les Cent Nouvelles nouvelles. Suivent les Cent Nouvelles contenant les Cent Histoires nouveaux, qui sont moult plaisans à raconter, en toutes bonnes compagnies, par maniere de joyeuseté. *A Cologne, chez Pierre Gaillard*, 1701, 2 vol. pet. in-8, fig. de Romain de Hooge, mar. r. dos orné, fil., tr. dor.

Figures tirées avec le texte.

112. HEPTAMÉRON FRANÇAIS. Les Nouvelles de Marguerite, reine de Navarre. *Berne, chez B.-Louis Walthard,* 1780 à 1781, 3 vol. in-8, gravures de Freudenberg, gravées par Longueil, et front. et fig. grav. par Duncker, mar. r., dos orné, 3 fil., dent. int., tr. dor. (*Rel. anc.*)

Très-bel exemplaire.

113. Les Avantures de Télémaque, fils d'Ulysse, par feu messire François de Salignac de la Mothe Fénelon. *A Amsterdam, chez J. Wetstein,* 1734, in-4, gravures de Dubourg, Picart, etc., v. ant. rac., dent., tr. marbr.

Transposition des pages 409 à 416.

114. Histoire de Pantagruel. *A Amsterdam, chez Guillaume Blaeu* (*à la Sphère*), 1695, pet. in-12, mar. r. fil. tr. dor. (*Rel. anc.*)

Exemplaire court de marges et feuillets remontés de ce petit ouvrage rare et curieux. C'est l'histoire des amours de François Ier avec la comtesse de Chateaubriand. Le titre ci-dessus a été rapporté.

115. LE TEMPLE DE GNIDE (par Montesquieu). Nouvelle édition. *A Paris, chez le Mire, s. d.*, in-4, figures d'Eisen, gravées par le Mire, mar. viol. jans., à nerfs, dent. int., tête dor., non rogné.

Bel exemplaire; texte gravé.

116. Tansaï et Néadarné, histoire japonoise, avec figures. *A Pékin*, 1758, 2 vol. pet. in-12, gravures, demi-rel. veau, non rog.

117. Le Diable amoureux, nouvelle espagnole (par Cazotte). *A Naples*, 1772, in-8, grav. cart.

Édition originale.

118. Contes moraux et nouvelles Idylles de D.... (Diderot) et Salomon Gessner. *A Zuric, chez l'auteur*, 1773, in-4, gravures de Gessner, v. ant. marbr. fil.

119. Le Fond du Sac, ou restant des Babioles de M. X*** (Félix Nogaret), membre éveillé de l'Académie des dormans. *A Venise, chez Pantalon Phébus* (*Cazin*), 1780, 2 vol. in-16, fig. v. ant., fil. tr. dor.

120. LE PAYSAN ET LA PAYSANNE pervertis, ou les Dangers de la Ville, par N.-E. Rétif de la Bretone. *A la Haye,* 1784, 4 vol. in-12 et 1 atlas in-4 contenant les cent vingt gravures de Binet, cart., non rogné.

Gravures sans marges et remontées; la légende est écrite à la main.

121. La Vie de mon Père, par l'auteur du Paysan perverti (Restif de la Bretonne). *A Neuchâtel, et se trouve à Paris chés la veuve Duchesne*, 1779, 2 parties en 1 vol. in-12, gravures, demi-rel. mar. citron, tr. dor.

Deuxième édition de cet ouvrage. Belles épreuves.

122. LES CONTEMPORAINES, ou Avantures des plus jolies femmes de l'âge présent : recueillies par N*** (Restif de la Bretonne), et publiées par Timothée Joly, de Lyon, dépositaire de ses manuscrits. *Imprimé à Leipsick, et se trouve à Paris, chez la dme veuve Duchesne*, 1780 à 1785, 42 vol. in-12, demi-rel. mar. citron, tr. dor.

Bel exemplaire de la première édition de ce curieux ouvrage. Exemplaire bien complet avec toutes les gravures de Binet en belles épreuves pour les tomes 1 à 18 et avant la lettre pour les tomes 19 à 42.

123. Victor Hugo. — Notre-Dame de Paris. *Paris, Perrotin et Garnier*, 1844, in-4 ill., demi-rel. chagr., plats toile, fil., tr. dor.

124. LE DÉCAMERON de Jean Boccace (trad. en français par le Maçon). *Londres*, 1757 à 1761, 5 vol. in-8, front. et grav. de Gravelot, v. ant. marbr. tr. r.

125. Le Nouveau Robinson, pour servir à l'amusement et à l'instruction des enfants..... traduit de l'allemand (de Campe, par A.-S. d'Arnay). *Paris, Nyon*, 1785, 2 vol. in-12, front. et grav. de Desrais, mar. r., dos orné, fil., tr. dor. (*Rel. anc.*)

---

126. Œuvres complètes de Lucien de Samosate, traduction nouvelle, avec une introduction et des notes, par Eugène Talbot. *Paris, L. Hachette*, 1857, 2 vol. in-12, demi-rel. v. fauve, n. rog.

127. Œuvres choisies d'Étienne Pasquier, accompagnées de notes et d'une étude sur sa vie et sur ses ouvrages, par Léon Feugère. *Paris, Firmin Didot fr.*, 1849, 2 vol. in-12, demi-rel. v. antiq.

128. Œuvres mêlées de Saint-Évremond, revues, annotées et précédées d'une histoire de la vie et des ouvrages de l'auteur, par Charles Giraud. *Paris, Léon Techener*, 1865, 3 vol. in-12, demi-cart. percal. n. rog.

129. Œuvres de Louis-Napoléon Bonaparte, publiées par Charles-Edouard Temblaire. *Paris, librairie napoléonienne*, 1848, 3 vol. in-8, demi-rel. chagr. v.

130. ALFRED DE MUSSET. Œuvres. *Paris, Charpentier*, 1867, 10 vol. in-18, photographies, d.-rel. mar. marr. avec coins, tr. sup. dor. n. rogn. (*David.*)

Exemplaire sur chine.

131. Œuvres de Lamartine. *Paris, Gosselin*, 1837, 10 vol. in-18, d.-rel. maroq. bl. avec coins, n. rogn. tr. sup. dor. (*David.*)

ŒUVRES D'ALFRED DELVAU.

132. Les Dessous de Paris. *Paris, Poulet-Malassis*, 1862, in-18, demi-rel. dos et coins de mar. rouge, fleurons, tête dor. n. rogné.

Eau-forte de Léopold Flameng.

133. Histoire anecdoctique des Cafés et Cabarets de Paris. *Paris, E. Dentu*, 1862, in-12, dessins et eaux-fortes de Bourbet, Flameng, Raps. Dos et coins de mar. r., fil., tête dor., ébarbé. (*Allô.*)

134. Lettres de Junius. *Paris, E. Dentu*, 1862, in-12, dos et coins de chag. r., dos orné, fil. tête dor., n. rog.

135. Les Lions du jour. Physionomies parisiennes. *Paris, E. Dentu*, in-12, portraits, dos et coins de mar. r., dos et coins de mar. r., dos orné, fil., tête dor., n. rogn.

136. Les Amours buissonnières. *Paris, E. Dentu, s. d.*, in-12, demi-rel. chag. r., avec coins, fil., tête dor., ébarbé.

137. Les Cythères parisiennes, histoire anecdotique des Bals de Paris. *Paris, E. Dentu*, 1864, in-12, front. et fig. à l'eau-forte de Rops et Thérond, dos et coins de mar. r. dos orné, fil. tête dor. ébarbé.

138. Histoire anecdotique des Barrières de Paris. *Paris, E. Dentu*, 1865, in-12 eaux-fortes de Thérond, dos et coins mar. r., dos orné, fil., tête dor., ébarbé.

139. Le Fumier d'Ennius. *Paris, Ach. Faure*, 1865, in-12, eau-forte de Flameng, dos et coins de mar. r., dos orné, fil., tête dor., non rogné.

140. Françoise, chapitre inédit de l'histoire des quatre sergents de la Rochelle. *Paris, Faure*, 1865, in-16, eau-forte de Thérond, dos et coins de chag. r., fil., tête dor., ébarbé.

141. Gérard de Nerval, sa vie et ses œuvres. *Paris, Bachelin-*

Deflorenne, 1865, in-16, portrait, dos et coins de mar. r., fil., tête dor., non rogné.

142. Mémoires d'une honnête fille. *Paris, Ach. Faure*, 1866, in-12, 2 portraits, dos et coins de mar. r., dos orné, fil., tête dor., ébarbé.

143. Du Pont des Arts au pont de Kehl (Reisebilder d'un Parisien). *Paris, Ach. Faure*, 1866, in-12, eau-forte, dos et coins de mar. r., dos orné, fil., tête dor. ébarbé.

144. Le grand et le petit Trottoir. *Paris, A. Faure*, 1866, in-12, front. dos et coins de mar. r., dos orné. fil., tête dor. n. rog.

145. Les Heures parisiennes. *Paris, librairie centrale*, 1866, in-12, eaux-fortes de Benassit, dos et coins de mar. r., dos orné, fil., tête dor., ébarbé. — Appendice 1872, in-12, même reliure.

146. Henry Murger et la Bohême. *Paris, Mme Bachelin-Deflorenne*, 1866, in-16, eau-forte par G. Staal, demi-rel. avec coins mar. rouge, tête dor. n. rog.

147. A la Porte du Paradis. *Paris, Ach. Faure*, 1867, in-12, dos et coins de mar. r., dos orné, fil., tête dor., ébarbé.

148. Les Plaisirs de Paris, guide pratique et illustré. *Paris, Ach. Faure*, 1867, in-16, dem.-rel. avec coins chagr. rouge, fil. tête dor. n. rog.

149. Dictionnaire de la Langue verte, Argots parisiens comparés. Deuxième édition. *Paris, Dentu*, 1867, in-12, demi-rel. mar. bleu, tête dor., ébarbé.

150. Les Sonneurs de Sonnets, 1540-1866. *Paris, Bachelin-Deflorenne*, 1867, in-16, demi-rel., tête dor., non coupé.

151. Au bord de la Bièvre. — Impressions et Souvenirs. — Nouvelle édition, précédée d'une bibliographie des ouvrages de l'auteur. *Paris, Pincebourde*, 1873, in-16, front., dos et coins de mar. r., tête dor., ébarbé.

---

152. L'Univers pittoresque, publié par *Firmin Didot frères*. *Paris*, 1837, 11 vol. in-8, br., texte à deux col., cartes, fig., portr.

Italie ancienne. — Annales et institutions. — Italie, par le ch. Artaud. — Grèce, par M. Pouqueville. — Iles de la Grèce, par L. Lacroix. — La Perse, par Dubeux. — Japon, Indo-Chine, Ceylan. — Tartarie. — Inde. — Égypte moderne.

153. Souvenirs d'un Voyage dans la Tartarie, le Thibet et la Chine, pendant les années 1844, 1845 et 1846, par M. Huc. 2e édition. *Paris, Adrien Le Clère et Cie*, 1853, 2 vol. in-8, demi-rel. chagr. vert, ébarbé.

154. Voyage de Siam des Pères Jésuites. *Paris,* 1686, in-4, nombr. figures, dem.-rel. v. f.

155. Les Sources du Nil, journal de voyages du capitaine John Hanning Speke, traduit de l'anglais par E.-D. Forgues, cartes et gravures d'après les dessins du capitaine J.-A. Grant. *Paris, L. Hachette,* 1865, gr. in-8, br.

156. Histoire d'Hérodote, traduite du grec, avec des remarques historiques et critiques, un Essai sur la chronologie d'Hérodote et une table géographique. *Paris, de l'imprimerie de Crapelet*, 1802, 9 vol. in-8, v. rac.

157. Histoire d'Hérodote, suivie de la Vie d'Homère ; nouvelle traduction par A.-F. Miot. *A Paris, chez Firmin Didot père et fils,* 1822, 3 vol. in-8, carte, demi-rel. mar. bleu, jans. à nerfs, tête dor., ébarbé.

158. Histoire d'Hérodote, traduite du grec par Larcher. *Paris, Lefèvre,* 1842, 2 vol. — Thucydide : Histoire de la guerre du Péloponnèse, traduction nouvelle par Ch. Zévort. *Paris, Charpentier*, 1869, 2 vol. — Œuvres complètes de Xénophon, traductions revues et corrigées par Em. Pessonneaux. *Paris, Charpentier*, 1873, 2 vol. Ens. 6 vol. in-18, demi-rel. v. fauve, tr. peigne.

159. Voyage du jeune Anacharsis en Grèce vers le milieu du quatrième siècle avant l'ère vulgaire, par J.-J. Barthélemy. *Paris, Firmin-Didot fr.*, 1869, in-4, br. texte à deux col.

160. Histoire du Commerce et de la Navigation des Anciens, par M. Huet, ancien évêque d'Avranches. *A Lyon, chez Benoît Duplain*, 1763, in-8, v. antiq. marbr.

161. Œuvres de C.-C. Tacite, traduites par C.-L.-F. Panckoucke. *Paris, Panckoucke,* 1837, 7 vol. in-8, cart. n. rog.

162. De la Noblesse et des Récompenses d'honneur chez les Romains, par M. Naudet. *Paris, A. Durand*, 1863, in-8, demi-rel. v. f.

163. Des Journaux chez les Romains, recherches précédées d'un mémoire sur les Annales des pontifes, et suivies de fragments des journaux de l'ancienne Rome, par J.-Vict.

Le Clerc. *Paris, Firmin Didot frères*, 1838, in-8, demi-rel. v. f.

164. Les Ruines, ou Méditations sur les Révolutions des Empires, par M. Volney. *Paris, Desenne*, 1791, in-8, 3 pl. mar. r. fil. ornem. sur les plats, tr. dor. (*Bradel.*)

Bel exemplaire en papier vélin.

---

165. Bulletin de la Société de l'Histoire de France, 1835. *A Paris, chez Jules Renouard*, 1836, 2 vol. in-8, dos et coins de mar. bleu, tête dor. ébarbé.

166. De Origine et gestis Francorum compendium. Ad librum suum Roberti Gaguini carmen. — (*A la fin :*) *Anno salutis millesimo quadringentesimo nonagesimo nono* (1499) *pridie Calendarum octobris. In edibus diui Maturini Parisiensis.* In-4, goth., dérelié.

Exemplaire grand de marges.

167. Traité de la Majorité de nos Rois et des Régences du Royaume, avec les preuves tirées tant du trésor des chartes du Roy, que des registres du Parlement et autres lieux ; ensemble un traité des prééminences du parlement de Paris, par Monsieur Du Puy, conseiller du Roy. *A Paris, chez la veuve Mathurin du Puis*, 1655, in-4, parch.

168. Le Cérémonial de France, ou Description des cérémonies, rangs et séances observées aux couronnemens, entrées et enterremens des Rois, reines de France, et autres actes et assemblées solennelles, recueillis des mémoires de plusieurs secrétaires du Roy, Hérauts d'armes et autres, par Théodore Godefroy, avocat au Parlement de Paris. *A Paris, chez Abraham Pacard*, 1619, in-4, parch.

169. La Démocratie en France au moyen âge, histoire des tendances démocratiques dans les populations urbaines au XIVe et au XVe siècle, par F.-T. Perrens. *Paris, Didier*, 1873, 2 vol. in-8, br.

170. Histoire des Classes agricoles en France, par C. Dareste de la Chavanne. *Paris, Guillaumin*, 1858, in-8, demi-rel., v. f.

171. Saint Louis et Alphonse de Poitiers, étude sur la réunion des provinces du Midi et de l'Ouest à la Couronne, par Edgard Boutaric. *Paris, Henri Plon*, 1870, in-8 br.

172. Chronique de J. de Lalain, par G. Chastellain. *Paris, Verdière et J. Carez*, 1825, in-8, dem.-rel. maroq. rouge jans. tête dor. n. rog. (*Poujet.*)

173. Traité concernant l'Histoire de France, savoir, la condamnation des Templiers avec quelques actes, l'histoire du schisme, les Papes tenant le siége en Avignon et quelques procez criminels, composez par Monsieur Dupuy, conseiller du Roy. *A Paris, chez la veuve Mathurin du Puis*, 1654, in-4, parch.

174. Satyre Menippée, de la vertu du catholicon d'Espagne, et de la tenue des Etats de Paris, à laquelle est ajoûté un discours sur l'interprétation du mot de Higuiero del Infierno, et qui en est l'auteur, etc...... dernière édition..... *A Ratisbonne, chez les héritiers de Matthias Kerner (à la Sphère)*, 1752, 3 vol. in-8, gravures, veau marbr. dos orné, tr. r.

Nombreux portraits ajoutés.

175. Lettre de Jacqves Bon-Homme, paysan de Beavvoisis, à messeignevrs les princes retirez de la Cour. *A Paris, chez Jean Brvnet*, 1614, 14 pages. — Responce dv crochetevr de la Samaritaine à Jacques Bon-Homme... sur sa lettre escrite à Messieurs les Princes. *S. l.*, 1614, 16 p. — Réplique de Jacqves Bon-Homme..... à son compère le Crocheteur. *A Paris, chez Jean Brvnet*, 1614, 14 p. — Discours de M. Gvillavme, et de Jacqves Bon-Homme paysan, sur la defaicte de 35 poulles et le cocq faicte en vn souper par 3 soldats. *S. l.*, 1614, 6 p. — ConioVissance de Jacques Bon-Homme auec messeigneurs les Princes réconciliés. *A Paris, de l'imprimerie de Charles Chappellain*, 1614, 16 p. Ensemble, 5 parties en 1 vol. pet. in-8, dent. int. tr. dor. (*Lortic.*)

Bel exemplaire. Réunion de cinq opuscules très-rares.

176. Mémoires du marquis de Chouppes, suivis des Mémoires du duc de Navailles et de la Valette (1630-1682) revus, annotés et accompagnés de pièces justificatives inédites, par C. Moreau. *Paris, J. Techener*, 1861, in-8, dos et coins de mar. r., dos orné, fil., tête dor., ébarbé.

Papier vergé.

177. Les Historiettes de Tallemant des Réaux. Troisième édition, entièrement revue sur le manuscrit original et disposée dans un nouvel ordre, par MM. de Monmerqué et Paulin Paris. *Paris, chez J. Techener*, 1854 à 1860, 9 vol. in-8, demi-rel. chagr. plats toile, fil., ébarbé.

178. Paul Lacroix (bibliophile Jacob). — Dix-huitième Siècle, institutions, usages et costumes. France, 1700-1789. *Paris, Firmin-Didot frères*, 1875, in-4, gravures et chromolithographies, dos et coins de chagr. r. fil., tête dor., ébarbé.

179. Guide des corps des marchands et des communautés des arts et métiers tant de la ville et fauxbourgs de Paris, que du royaume..... (par Pary). *A Paris, chez la veuve Duchesne*, 1766, in-12, v. ant. marb. tr. r.

180. Campagnes mémorables des Français en Égypte, en Italie, en Hollande, en Allemagne, en Prusse, etc..... par F. Roullion-Petit. *A Paris, chez Bance aîné*, 1817, 2 vol. in-fol., gravures et portraits, demi-rel. chagr. vert.

181. Histoire des troupes étrangères au service de la France depuis leur origine jusqu'à nos jours, et de tous les régiments levés dans les pays conquis sous la première République et l'Empire, par Eugène Fieffé. *Paris, Dumaine*, 1854, 2 vol. in-8, br. avec figures coloriées.

182. Gouvernement de la Défense nationale (du 30 juin 1870 au 28 janvier 1871), par M. Jules Favre. *Paris, H. Plon*, 1871-1872, 2 vol. in-8 br.

183. L'Armée du Rhin depuis le 12 août jusqu'au 29 octobre 1870, par le maréchal Bazaine. *Paris, Henri Plon*, 1872, in-8, br., cartes color.

184. Paris-Anecdote, par Alex. Privat d'Anglemont. *Paris, A Delahays*, 1860, in-16, dem.-rel. mar. bleu, foncé, tête dor. n. rog.

185. Paris inconnu, par A. Privat d'Anglemont, précédé d'une étude sur sa vie par Alfred Delvau. *Paris, Ad. Delahays*, 1861, in-16, d.-rel. v. rouge, tête dor. n. rog.

186. Registres du Parlement de Dijon, de tout ce qui s'est passé pendant la Ligue, in-12, demi.-rel.

187. Vies des Hommes illustres de Plutarque, traduction nouvelle par Alex. Pierron. *Paris, Charpentier*, 1870, 4 vol. in-12, dem.-rel., v. fauve, tr. peign.

188. La Science héraldique dv blazon, contenant l'origine et l'explication des armoiries, l'institution des ordres de chevalerie, etc. *A Paris, chez Estienne Loyson*, 1675, in-4, front. et pl. de blasons, bas. rouge dent. tr. dor.

Notes manuscrites, un nom sur le titre. Reliure semée de fleurs de lis et aux armes de France. On a ajouté à l'exemplaire : *De l'origine et progrez des familles de France*, extrait d'un autre ouvrage.

189. L'Art héraldique, contenant la manière d'apprendre facilement le Blason, par Baron. Dernière édition. *A Paris, chez Charles Osmont*, 1687, in-8, front. et pl. de blasons coloriées, v. ant.

Mouillures. On a écrit sur le titre.

190. Manuel de l'Amateur d'illustrations, gravures et portraits pour l'ornement des livres français et étrangers, par M. J. Sieurin. *Paris, Adolphe Labitte*, 1875, in-8, br.

Exemplaire en grand papier de Hollande.

191. Essai sur l'art de restaurer les estampes et les livres, ou traité sur les meilleurs procédés pour blanchir, détacher, décolorier, etc..... les estampes, livres et dessins, par A. Bonnardot. Seconde édition..... *Paris, chez Bastel*, 1858, pet. in-8, dos et coins de v. f. non rogné.

NOTA. — A la fin de la vacation on vendra une JOLIE BIBLIOTHÈQUE à deux vantaux, en bois de rose, Louis XVI, avec coins en cuivre.

Hauteur. . . . . $1^{m},80$
Largeur. . . . . $0^{m},95$

FIN.

ORDRE DE LA VACATION.

Le samedi 4 mars 1876.

Nos 132 à 191.
1 à 131.

La Bibliothèque en bois de rose.

CONDITIONS DE LA VENTE.

Il y aura, le jour de la vente, à une heure, EXPOSITION des livres composant la vacation.

La vente est faite au comptant.

Les livres vendus devront être collationnés sur place ; une fois sortis de la salle de vente, ils ne seront repris pour aucune cause.

Les articles au-dessous de DOUZE FRANCS ne seront repris pour aucune cause, à moins qu'ils ne soient incomplets.

Les acquéreurs payeront, en sus du prix d'adjudication, cinq centimes par franc, applicables aux frais.

M. Adolphe LABITTE se chargera de remplir les commissions des personnes qui ne pourraient assister à la vente.

Paris. — Typographie Georges Chamerot, rue des Saints-Pères 19.

www.ingramcontent.com/pod-product-compliance
Lightning Source LLC
LaVergne TN
LVHW050508160826
845677LV00003B/1009

* 9 7 8 2 3 2 9 6 3 9 3 3 8 *